LE
CHARLATANISME,

Par CERUTTI ;

PRÉCÉDÉ

De quelques Mots sur le Charlatanisme,

Par F. GERINAL.

Venez voir dans Paris tout l'or que j'accumule ;
Venez voir près de moi les badauds attroupés,
Par un jongleur nouveau chaque jour attrapés :
Ce Français si malin est encor plus crédule.
CERUTTI.   *Le Charlatanisme.*

Prix : 75 cent.

PARIS.

Chez
MONGIE, BOULEVARD DES ITALIENS N° 10.
GARNIER, RUE DE VALOIS, COUR DES FONTAINES N° 1.
TOUS LES MARCHANDS DE NOUVEAUTÉS.

1825.

QUELQUES MOTS

SUR

LE CHARLATANISME.

On donnait autrefois le titre de Charlatan à des gens qui élevaient des tréteaux sur les places publiques, et qui vendaient au peuple des remèdes auxquels ils attribuaient toutes sortes de propriétés; ce titre s'est généralisé; et l'on a reconnu depuis que chaque classe de la société a ses charlatans.

Les Grands, les Ministres, les Orateurs, les Théologiens, les Médecins, les Auteurs, les Artistes, les Journalistes, les Commerçans, tous les hommes enfin ont recours au charlatanisme; ceux même qui cherchent à tromper les autres, sont les premiers à se laisser abuser par des charlatans qui deviennent dupes à leur tour; et tandis qu'un jongleur subalterne, au milieu d'une place publique, se consume en efforts pour vendre sa marchandise et persuader à la multitude que ses remèdes sont bons, un homme en place use des mêmes moyens pour sacrifier à ses propres intérêts le bonheur de tout un peuple.

Les hommes sont avides de merveilleux; les choses naturelles ne fixent plus leur attention; il leur faut des choses extraordinaires; et ceux qui ont intérêt à les tromper, y ont ordinairement recours.

L'état de médecin est celui qui fournit le plus de charlatans.

Un empirique, auteur d'un médicament nuisible, voudra, en dépit des morts qui attestent les funestes effets de son invention, prouver au monde entier que sa drogue est la panacée universelle, que sans son baume il n'est point de salut; et chaque jour il augmentera le nombre de ses victimes, si la police prévoyante ne retire pas sa protection au remède et à l'inventeur.

Les sciences ont aussi leurs charlatans : les métaphysiciens, les théologiens, les physiciens, les chimistes, les astronomes, veulent faire adopter des systèmes qu'ils trouvent admirables, parce qu'ils les ont imaginés ; tous ont recours au charlatanisme pour se nuire mutuellement et parvenir à leur but.

Depuis que la littérature n'est plus qu'un objet de spéculation, le charlatanisme du langage a été porté au plus haut point de perfection. Le public n'aime plus la langue de Racine et de Corneille ; et les poètes modernes s'empressent de lui parler un langage auquel il ne comprend rien.

Les auteurs font des livres avec des livres, de volumineux romans avec des épisodes, des résumés avec des abrégés, des histoires avec des histoires, et des mémoires avec des articles du Moniteur. Un ouvrage de quelques pages, flanqué d'Avertissemens, de Préfaces, d'Avant-propos, de Notices, de Notes soi-disant historiques et de Post-scriptum, est offert au public sous la forme d'un volume de quatre ou cinq cents pages.

Le public est avide de nouveautés ; les libraires s'empressent de lui donner pour telles des choses que personne ne s'était avisé de lire jusqu'alors ; et tel ouvrage qui, sous un titre modeste, aurait à peine trouvé place dans la bibliothèque de quelque magister de village, revêtu d'un titre bizarre, obtiendra les honneurs d'une dixième édition.

Les arts et le commerce ont également le privilége du charlatanisme ; les artistes et les com-

merçans ne manquent jamais de moyens pour
convaincre le public qu'il n'y a rien de grand et
de beau qui ne soit sorti de leur tête; tous rivali-
sent d'efforts et d'intrigues pour mettre à la mode
les absurdités dont ils sont les prôneurs; tous veulent attraper le public, dont le goût est aussi bien
souvent une absurdité.

LE CHARLATANISME.

Je suis le bâtard de la fable,
Et j'ai fait fortune en chemin ;
De moi sort la race innombrable
Qui trompe, en cent façons, le pauvre genre humain ;
J'ai le ton emphatique, avec un air capable ;
J'excelle aux tours d'esprit, j'excelle aux tours de main.

Rien ne m'abat, rien ne m'arrête :
J'ai, pour créer de grands effets,
Plus d'art que de savoir, plus de front que de tête,
Plus de prestiges que de faits.
L'amour du merveilleux est un amour si bête!
Il voit ce que je dis et non ce que je fais.

Tantôt je marche solitaire,
Et tantôt la foule me suit ;
Je m'enveloppe du mystère,
Et je m'environne de bruit :
Le bruit en inspire au vulgaire,
Et le silence à l'homme instruit.

L'Égypte à mon pouvoir rendit le premier culte.
Je fondai, sous le nom d'Hermès,
Cette philosophie occulte
Que j'enseignai sans cesse et n'expliquai jamais.

Du séjour des Hyérophantes,
Je volai sur le Mont Ida.
J'appris la chasteté des prêtres Corybantes;
J'enlevai Ganimède et séduisis Léda;
C'est moi qui couvai l'œuf que Jupin féconda.

C'est moi que tous les dieux prenaient pour interprète.
Minos, leur favori, m'appela dans la Crète.
Il avait fait de justes lois;
Pour les diviniser il emprunta ma voix :
Je les fis arriver de la voûte éternelle.
Ma ruse n'était pas nouvelle;
Elle a réussi chaque fois.
Gnosse (1) admirait alors un prodige plus rare :
Du fond du labyrinthe où le soupçon barbare
Tenait emprisonné l'industrieux talent,
Dédale, au haut des cieux, parut avec Icare;
Je les suivis en l'air, et je dis, en volant :
« Le monde croira tout après ce vol brillant. »

(1) Capitale de la Crète.

La renommée en amusa la Grèce.
Ce peuple était fin et moqueur ;
Mais il m'aimait avec tendresse :
L'imagination disposait de son cœur.

Il accueillait avec ivresse
Le philosophe et l'imposteur ;
Il fut l'ami de la sagesse ,
Mais il fut l'amant de l'erreur.

De Delphes la prêtresse antique
Me confia son temple et son pouvoir :
Doué de l'esprit prophétique ,
Je faisais, à travers un voile énigmatique,
Luire les rayons de l'espoir.
L'espoir offre la seule image
Dont tout mortel soit enchanté ;
C'est le seul bien que l'on partage
Sans choix, sans inégalité ;
Et c'est le seul flatteur, je gage ,
Qu'ait jamais eu la pauvreté.

Corinthe, Argos, Micène, accouraient pour m'entendre ,
Pour lire sur mon front les oracles divins ;
Le Spartiate seul osa n'y rien comprendre :
Il croyait aux héros et non pas aux devins.

Pour tenir tête à Démosthènes,
J'allai sur la place d'Athènes ,
Du haut de la tribune inspirer les rhéteurs ;
Près du tonneau de Diogène ,
Je rassemblai les spectateurs;
Indigné de voir Anthisthène,
Épicure, Platon , environnés d'honneurs ,
Je les représentai comme des suborneurs.
Chez le vieillard de Cos (1) et le dieu d'Epidaure (2) ,
Tout en courant je m'instruisis.
Trop près de la nature encore ,
L'art était clair, simple et précis :
Pour m'illustrer, je l'obscurcis.
J'avais deux méthodes suprêmes :
Mon savoir était en systèmes,
Et mes guérisons en récits.

De Pythagore , un temps , je fréquentai l'école ;
Sa morale était triste et sa diète folle:
De nombres , de calculs , il hérissait sa loi.
Tant de géométrie embarrassait sa foi.
Je cherchai près du capitole ,
Un théâtre plus fait pour moi.

Là , présidant aux sacrifices ,
A l'ombre des autels je cachais mes larcins;

(1) Hyppocrate. (2) Esculape.

Là, dominant sur les comices,
Je couvris de vertus d'audacieux desseins ;
Là, dirigeant les aruspices,
Je soumis aux oiseaux les vainqueurs des humains ;
Là, consacrés par mes caprices,
Des poulets commandaient à l'aigle des Romains.

Mon art, long-temps après, éleva dans Médine
Ce pigeon qui, tout bas, conseillait Mahomet :
Symbole des amours, il vola, j'imagine,
Au paradis charmant que l'Alcoran promet.
J'ai béni l'étendard des armes ottomanes ;
J'ai fait de la fatalité,
J'ai fait de la félicité,
Les deux égides musulmanes.
Au palais des muftis j'ai pleine autorité ;
Mais je suis moins en liberté
Au divan des sultans, au harem des sultanes :
L'un est à la terreur, l'autre à la volupté.

J'ai l'esprit de chaque royaume :
Changeant selon le siècle et selon les pays,
Je m'en vais débitant des reliques à Rome,
Et des nouveautés à Paris.

Autrefois Moliniste,
Ensuite Janseniste,

Puis Encyclopédiste,
Et puis Economiste ;
A présent Mesmériste,
Attendant qu'un autre *iste*
Enfle bientôt ma liste,
Je reparais sans cesse avec des noms nouveaux,
Et ne fais que changer de place et de tréteaux.

Dans le siècle passé je redoutai Molière :
A son nom encor je frémis ;
Dans le siècle présent je redoutai Voltaire ;
Rousseau, sans le vouloir, était de mes amis.

Au sénat d'Albion je joue un très-grand rôle ;
Mon zèle au peuple, au roi, se vend le même jour :
Puissant d'intrigue et de parole,
Je suis Cromwel, Chatam, Walpole,
Je suis Catilina, Ciceron tour-à-tour.

A l'Amérique anglaise, encore un peu sauvage,
Je n'ai pu jusqu'ici faire accepter mes dons ;
Mais j'en espère davantage
Depuis que le congrès invente des cordons.

Des papes quelquefois je colorai les bulles ;
J'ai souvent embelli les récits des héros ;

De nos contrôleurs généraux
Je tourne aussi les préambules ;
Je dicte à nos prélats de pieux mandemens,
Des discours aux académies.
Sans être ému, j'ai de grands mouvemens ;
Pompeusement j'orne des minuties ;
J'ennoblis bien des inepties ,
J'ennoblis même bien des grands.

J'ai plus d'un fauteuil en Sorbonne ,
Plus d'une chaire à l'Université ;
Mais ma première place est dans la faculté,
Et ma seconde auprès du trône.
Malheur aux souverains dont je suis consulté !
Jacques second pleura de m'avoir écouté.
D'un roi contemporain la grandeur colossale
Avait trop ébloui ses yeux ;
Je guidai par moment ce roi si glorieux :
Il empruntait de moi sa marche théâtrale ;
Mais le génie était son flambeau, son appui.
Qu'il représentait bien la majesté royale !
Il jouait d'après moi, gouvernait d'après lui.

Hélas ! qui n'aime un peu de pompe ?
Le croirait-on ? le sentiment,
Ce langage si pur, si naïf, si charmant,
Le sentiment aujourd'hui trompe !

J'ai su le rendre faux, extrême, violent ;
Il se croirait glacé, s'il n'était pas brûlant.
J'apprends à l'éloquence à composer ses charmes ;
J'apprends à la douleur à prolonger ses larmes ;
J'apprends à Melpomène à gémir en hurlant.
Grands dieux ! que j'ai chargé cette muse décente
    De vaines décorations !
Des cachots, des bûchers, des apparitions,
    Voilà les ressorts que j'invente
    Pour tenir lieu des passions.
    Un drame n'est plus qu'un délire :
    Il faudra désormais louer
    Les Euménides pour l'écrire,
    Les Gorgones pour le jouer.

    Aux yeux d'un monde énergumène,
La nature pâlit dans sa simplicité ;
J'ai banni la raison de la société,
    Et l'illusion de la scène.

    En résumé, voici les traits
    Auxquels on peut me reconnaître :
    J'aime à parler, j'aime à paraître,
    J'aime à prôner ce que je sais ;
    J'aime à juger, j'aime à promettre ;
    J'annonce les plus beaux secrets.
    Je n'en ai qu'un, celui de mettre
    Tous les sots dans mes intérêts.

Je les associe à ma gloire,

En m'associant à leur bien :

Leur bonheur suprême est de croire,

Et m'enrichir, voilà le mien.

Venez voir dans Paris tout l'or que j'accumule ;

Venez voir près de moi les badauds attroupés,

Par un jongleur nouveau chaque jour attrapés :

Ce Français si malin est encore plus crédule.

Tous les peuples du globe, en vérité, sont fous ;

Dans la coupe de la chimère,

Avidement ils boivent tous :

Le Français, en riant, boirait la coupe entière.

FIN.

IMPRIMERIE D'ÉVERAT, RUE DU CADRAN, N° 16.